背の川

北畑光男

思潮社

目次

I

装幀＝思潮社装幀室

背の川

I

喉の川

喉の奥で声にならない声が蹲っている
その声の主語さえも
わたくしであるか疑わしい

樹に絡まり伸びている蔓
赤くなってきた実をぶら下げているそれは
虫に食われた
鳥が啄んでいった

さむい風に吹かれた
腐る病に侵された

川は夕焼けがひろがって
闇に入る一瞬を染めている
わたくしの晩秋は
真っ赤な果実になることはない
枯れて種をつけることもない
かつて一揆が通っていった街道
晩秋の暗やみのなかにあって
わたくしは
飢餓の過去を生きた祖先を
どれだけみているか

都会の孤独から生みだされる子ども
今日もまた
おさない子どもが親に消された

主語を探し
わたくしはもう一人のわたくしに問い返す
喉の川の奥へと呑みこんでしまうたくさんのわたくし
鳥に啄まれ
蔓と皮だけがさむい風に吹かれ

流氷のかけら

薄く張った氷を割って進んでくる
失踪者を乗せた船
あなたはそのなかの一人であった
これから先何処まで連れていかれるのか
誰も知らない

たまたま異国からやって来たわたくしとあなたは
流れついた岸辺の町で出合った

透明なわたくしが珍しいのか
あなたはわたくしのはだをしきりになでていた
わたくしはあなたのたいおんですこしずつとけていた

あなたはロウソクの原料になるという
失踪したハゼの実であった
あなたはロウソクに変えられるのだろうか

まさか
そんなことがあるのだろうか

耐えてきた長い旅
名前を消して堪えなければ生きられない
失踪者を乗せた船から

一時上陸した岸辺で
あなたとわたくしは思いがけず出合ってしまった

お参りの時ロウソクに火を点ける
わたくしの目の前で焔になり消えていってしまうのは
もう一人のロウソクのあなたか

自らを絞るように作られたロウソクで
あなたは灯っているのであるか

ナチスはユダヤ人を石けんにかえてしまったが
似たようなことがいつかあるかも知れない
せかいのどこか　日本か

わたくしもながれついたもの
かたちはくずれきえていくもの

わたくしは流氷のひとかけら
あなたになにもしてやることができない
なでられれば
あなたのたいおんをうばい
とけていく
たくさんのとけてしまったいのちをとかしこんでいる
うみのちいさいかけら
流氷のかけら

背の川

目が開かない
子猫たちの乳を欲しがる声がおれの手から離れ
石にぶつかり下っていった

あれから何十年も経ち
飢饉のことを調べている時であった
天明や天保の飢饉の時には
生まれたばかりの赤子を筵に包んで北上川に流していた

いくつも橋桁などに引っかかっていた
石臼で赤子を押しつぶしたという古文書にもであった

生まれたばかりの子猫と人のちがいこそあれ
おれも川に子を流したのだ

空襲の猛火に襲われ
川に飛び込んだ人が流れていったという
おれの生まれる一年前のこと
東京の隅田川　熊谷の星川　前橋の広瀬川
原爆を落とされた広島の元安川や太田川などでもおこったことだ

虐めに遭って川のなかに足を入れた少年
水の冷たさよりも

人の冷酷を呑み流れていったのだろう
ノートのなかに
ありがとうだけを書いて家族から消えていったのだ

病で臥せたおれの背には川が流れている
澱みには
目の開かない泣き声も引っかかっている

アインシュタインの川

ノーベル賞をもらったばかりの
湯川秀樹博士がアインシュタインを表敬訪問したときであった
広島　長崎の惨状を知った
アインシュタインは湯川秀樹の両手を握り

悔いの涙をながしたという
あのようになるのだったら数式を燃やしてしまえばよかった
原子爆弾につながる理論を考え付いた

アインシュタイン

一瞬にしてビルを破壊する爆風
人を影にした高熱
たまたま生きてもからだはとけてながれおち
かおもかたちもくずれおちたひとのむれ
広島の元安川を流れ　太田川を流れ
長崎の浦上川を流れ

原子爆弾

自分の遺灰は残すな
形あるものを残すな
そう言ってこの世から消えていったアインシュタイン

デラウェア川に流されていった
アインシュタインの遺灰

川は流れる

わけあって橋から身を投げたひとの
すがたは遠くなり

流れて海にとけてひろがり

天の川に向かって流れる
たくさんの願い
たくさんの祈り
小さな帆を立てて魚たちの行列は銀河の中心へと進む

川は流れる

すべての物質は中心で押しつぶされ穴に吸い込まれていく

ブラックホール
アインシュタインが百年前に予測した穴
その穴を写真撮影することに成功したとニュースは伝える

宇宙にはいくつものブラックホールがあるのだろう

川は流れる

宮大工の声

うすぐらい枕辺のラジオから
生身の木には金釘を打たないという声

わたくしの意識もうすぐらい

児玉にある珍しい形の建物
成身院百体観音堂*
通称さざえ堂にも金釘はないのだろうか

金釘でなかったらどうやって板と板を固定するのか
生身の木に金釘は打たない
この声が
わたくしの意識をあかるくしていく

木には木の釘を打つ
木と木の切り口を組み合わせる木組み
竹の釘を使う時もあるか
建物を長く持たせるためでもあるか

製材する前には木を何年間も乾燥させる
板は生身の木ではない

宮大工は成身院百体観音堂を建てた

火災になった百体観音堂跡から
四角い形の釘がでてきたという
和釘とよぶ金属の釘である
乾いた板で作ったさざえ堂である

風が星をみがいている
そのなかから聞えてくるのは読経の声

天明三年浅間山の大噴火は
溶岩が山麓の人馬を一呑にした
利根川に流れ下った火砕流は
前橋、本庄を過ぎ

今の埼玉県深谷市の方にまで達した

火山灰は何日間も空を覆い
農作物は全滅した
東北地方では天明の大飢饉が発生した
食べものが底をつき
木のなかにいる幼虫を焼いて食った
土を濾して食った
赤子は石臼で押しつぶした　筵にくるみ川に流した
ついには食うものがなく餓死した

噴火の犠牲になった
すべての生物を悼み建てられたのが
成身院百体観音堂通称さざえ堂

枕辺に届く声は宮大工のあかりであるか
わたくしの生と死の意識を目覚めさせるあかりであるか

＊埼玉県本庄市児玉町小平にある平等山宝金剛寺成身院百体観音堂。天明の浅間山の大噴火（天明三年、一七八三年）で死んでいったすべての生物を弔うため、百体観音像造立を成身院六十九世元真が発願、弟子の元映により寛政年間（一七九二〜一七九五年）に造立された。明治二十一年火災に遭い明治四十三年再建、通称さざえ堂。内部は珍しいらせん構造になっている（百体観音縁起より）。

釘

打たれる
平らな頭を打たれるたびに打ち込まれる
削られた板の身のなかに深く入る
（板よ　ごめんな）
自らは望まないが鋭くなった鉄は
板の身を突き通し
もう一つの削られた板の身に入っていくのだ
頭を潰すほど叩かれ板の身と板の身を繋げる

板と板を犯す
釘
火床で溶けた鉄を棒にして叩かれ
先端を鋭くしたもの

修羅の火床をくぐり抜けてきた
飢餓の火床を生きのびてきた

雨上がりのあとはタイヤがパンクしやすい
棄てられた釘が
反逆しタイヤを刺すこともあるのだ

釘は思う
どこにいても自分は加害者になるためにつくられたか

イエス・キリストの手を釘で打ち付けた
加害者の釘
だがそれゆえに釘は思う
釘の頭を打ち付ける人のことを
その人こそが
本当の加害者ではないのか

どうどう巡りの加害者探し
屁理屈をつけての自分の罪逃れ
すべてを打ち付けるものを
その人を探したところでいまさら何になるか
大事なのは
自分こそが
打ち付けている本人の自覚を持つことではないか

手摺り

自宅や病院の通路に
トイレや風呂場にも
取付けてある　でくの棒
それがぼくです
その位置は横であったり縦であったり

あなたの
不安と体重を受けとめてもぼくは動かない

しっかり摑んでください
ぐらぐらしないのを確かめて
一歩前にでてください

あなたは思う
手摺りは丈夫なのがいい
手ざわりがよければもっといい
見栄えがよければさらにいい

ぼくは思う
あなたはぼくにゴムを被せ
ときに曲げたりもする

ぼくは願う
あなたが前に踏み出すことの安心を持ってもらえればいい

ぼくは知っています
自分はネジで止められているのを
何ものかによって壁に穴をあけ
壁を壊していることも

ガタガタしたら
取付けているネジを締めてください
それでもだめだったらぼくを
別のものと取り換えるなりなんなり

手を生きる人

病院から病院へと
ぼくが
渡り歩くよりも前から
不安の声をしずかに待っていた手の耳
声の届く先を見る
手の目
患者の不安を確かめながら
痛みをもみほぐす

鍼を刺す

痛いと思ったのに痛くない
鍼の刺激
鍼灸マッサージ師の人のやわらかい手
病を
苦しみを受けとめていく手

患部に灸を当てれば
自らが火に包まれ
痛みと不安を和らげ取り除く
もぐさ
これらをあなたは生かして生きる

雨の日でも
白杖で
足下を確かめながら
手を生きる
ぼくの見えない先を歩いていく
手を生きる人

冬桜

頂いた冬桜が初めて咲きました
正月
濡れて届いたはがきです

真っ黒い海に呑み込まれ
息もできないまま沈んでいったひと

海底で

亡くなったひとの指が書いたはがきです
苗木も水底に沈んで

根を張り生きていたのです
累々と沈んだひとの顔やからだのなかに根を伸ばし

花の芯からは
黄泉をながれる念仏が聞こえて

海の底
なおわはみ*と一緒に咲く冬桜です

新雪を踏んで
配達してくれた方の足あとに

影ができています

＊なおわはみは救沢念仏剣舞で南無阿弥陀仏のこと。

途上の葉

葉脈のなかをながれていた川は決壊し
吹きちぎられたわたくしは
首のないからだであった
まわりにはすでに役目を終えてしまった
枯葉の死体が吹きよせられていた

かつてはこんな葉のわたくしでも
木を大きく育てていた

花を咲かせた
木陰をつくりいろいろな動物を守っていた
根を太くした

わたくしの葉の川には
捨てられた年かさのいった少女が流れ着き
死んだふくらはぎを沢蟹が食っている

飽食のなかの孤独
貧困のなかの孤独
沢蟹はおのれの飢渇に従順であった

吹きちぎられた葉
枯れ落ちた葉

虫に食われ死を生きる途上の葉

わたくしは首のない死んだ葉そのものなのであった
腐っていくだけなのであった

わたくしの死には
なにかあたたかく発熱するものがあるのだと
腐った老木がきておしえてくれた

死んだわたくしにお役に立つものがあるか
わたくしの死の途上が
別の新しい命を宿しているのであるか

II

母ちゃんの指

山々に囲まれその間を川が流れていた
川と川の合流地点に開けた小さい門（かど）の町があった
町外れには不昧庵のお寺さん
住んでいた救沢は川の上流であった
遠い記憶の村を辿る
母ちゃんに連れられたおれが
お地蔵さまに手を合わせていた

そこには小石を積んだのや崩れているのがあった
小石は
亡くなった人が早く
天国に行けるように積んだのだと言う
母ちゃんの話は続く
崩れているのは夜
鬼が崩していったのだと

お前も石を積むのを手伝いなさい
そう言って母ちゃんは崩れた小石を積んでいた

天国へ早く行ければいい
おれもそう言って小石を積んだ
雪のなかから集めた小石を積んでいる母ちゃんの手は

ひび割れて肉の奥が見えていた
積もり始めた雪のなかで一瞬
母ちゃんの指が灯っていたのであった

＊七十年以上も前、門の町から奥に入った救沢に住んでいた。まだ電気はなくランプ生活であった。子どもの私は雉や兎の足跡を追い楽しかったが、都会育ちの母には悲喜交々であったようだ。

あめふりばなっこ

甥から電話が入り
突然
故郷の兄が他界したことを知らされた

俺が小学校に入る前は
兄に
ぼろ切れを丸めた球と木の棒で
一塁だけの野球を教えてもらった

布のボールを探して川のそばまで行くと
あめふりばなっこが咲いていた

あめふりばなっこがどんな形の花だったか
どんな色をしていたか
花の名前も救沢で呼んでいた方言であったか
勝手に自分たちで名づけた花の名であったか

岩泉の山奥
救沢にいた幼い頃
草むらにボールが転がっていったその向こう
川岸に咲いていた花だ

救沢を離れて六十五年以上も経つ
幻のあめふりばなっこの遠景を兄が走っている

不明の蝶

——埼玉県児玉郡 金鑽神社にて

翅が
青く透きとおった模様の蝶に出くわしたことがある
リュウノヒゲのうえを頼りなげに飛んでいたがやがて
神社の森の奥にきえてしまった

幼い孫を連れて
お参りに来た時であった

蝶の行方を追うわけにもいかず
わたくしの記憶のなかを蝶は飛び続けている

わたくしにも姉がいたと聞いた
食べものもないため
乳も飲めずに生まれてすぐに死んでしまったと聞いた

言葉にならない声のまま亡くなった姉さん

あの蝶は
青い言葉になる前の模様でわたくしに問うのである

今日届いた難民支援団体からの寄付依頼文書には
「歩いて戦闘から逃げてきました」

生後七か月だという娘を抱いている母親の写真が載っている
新型コロナウイルス感染症で亡くなっていく人たちも多いという
一万キロも離れたところから飛んできた幻の蝶の問いであるか

孫の時間はわたくしにとって
蝶の行方を追う
言葉以前の問いの意味でもあるか

蝶を探して同じ場所を何度も尋ねたが
あのような蝶に再び遭う事はない

ひょっとしてあれは
遇うことのなかった姉さんであるか
難民キャンプから飛んできた幼い子であるか

巡り巡って近い未来のわたくしであるか

カブトムシ

あおむけにひっくり返り
からだの半分である腹には内臓がない
形だけになった腹に
ちいさいアリが出たり入ったりしている
舗装された男坂で死んでいるカブトムシにあった

せめてコンクリートではない草むらに
死体を横たえておこう

カブトムシをつまみ
草むらに置こうとした時であった

硬い手足が
ゆっくりうごきはじめたのである

内臓はなくても
手足の神経は
いのちの根につながっているのであるか

飢餓の国のひとのようである
腹のなかはなにもない
だれかを待っていたように
希望をつたえようとしたのか

偶然居合わせたわたくしにゆっくり
さようならをして
すぐにカブトムシはうごかなくなったが
空洞の埴輪や仏像のようでもある

現代の鶴

昨日も今日も振り下ろすたびに肉刺(まめ)は潰れ
明日もまた肉刺は潰れるだろう
硬くなった手からどれ程の血が流れたか
そう話す鉄道員の手は硬くて大きい
子どもを学校にやるために
親の療養ホーム代を稼ぐために
心ばかりの寄付をするために
日本から六千四百㎞も離れた

アフガニスタンでツルハシを振るう
ペシャワール会医師の中村哲さん*
病気を治すより病人をださないこと
栄養失調をださないことだ
そのために灌漑をする
農地を作る
そういってあなたは
石ころの地面を緑に変えた
仕事から夜晩く帰宅した疲労の中で
たまたま見たテレビの鉄道番組であった
列車の走らなくなった深夜
ビーターと呼ぶツルハシで保線作業員は
線路の修復をしているのであった
遠い地方に渡りをする現代の鶴であった

一番列車の走る前に作業を終える保線作業員は
夜明け前にその場からいなくなる
列車は定時に走るものだと思っていたが
それを支えるたくさんの現代の鶴がいたのだ
風呂に入るのも忘れ
わたくしはテレビの画面に釘付けになっていた
道具のツルハシは
鶴の嘴に似ているからツルハシと呼ぶが
形が似ているだけではない
命がけで
人の深い空を渡るから
ツルハシと呼ぶのではないのか
ツルハシを使う人は現代の鶴ではないのか

＊中村哲さんは非政府組織ペシャワール会の現地代表。二〇一九年十二月四日、アフガニスタン国内を車で移動中に何者かによって銃撃され死亡した。享年七十三。

戌年がくると

南極から
連れて帰れなかった十五頭のうち
第三次観測隊によって
生きた樺太犬二頭が発見された
タロとジロは絶対に生き延びている
育ての親
犬飼哲夫先生の予想どおり
明日をも奪うブリザードに耐えて
タロとジロは

青や緑のオーロラをもち生き延びていた
おなじように先生の講義も
耐えて生きる過酷な美しさを
極で光る
智恵のように
ぼくらに教えてくれていたのだったか
戌年がくると
年男のぼくは
犬飼先生と
南極圏タロとジロのことを思い出す
北海道野幌原始林*を背にした
学生時代でのこと

*野幌原始林は現在の野幌森林公園のこと。

食事

海底には沈んだ船や落ちた飛行機が
人を抱えたまま沈んでいるか

海底を泳いでいる目の退化した鮟鱇
長い脚の蟹

海の底は冷たく暗い
深くなるほど水圧は高い

海底を這う蟹や鮟鱇

灯をつけて鮟鱇は
集まってきたいのちを呑みこんでいるか

俺は
鮟鱇を食っている

手を合わせるようにして
沈んだいのちを蟹は食っているか

俺は
俺はその蟹も食っている

川の音

何年も前に古希を過ぎた
同級生五人
久しぶりに一時帰国した河井を交え
睡蓮の葉が浮かぶ池の周りを歩いている
モネの池と呼んでいる加藤
晩秋の水面は快晴の空を抱き
葉を落とした大きな栃の木を映している

学生時代を語り

その話には
枯れた葉が弱い秋のひかりを浴びている
山ぶどうの蔓が木の枝にからまり
そのまま枯れたのか
葉はほとんど落ちてしまった
重い房をつけることができたのだろうか
商社マンで世界中をまわり
現地では仕事もつくったというが
自分のことは語らない大西

あと二年たったら
いや三年たったら河井のいるカナダに行こう
加瀬が話しかけてくる

どんぐりの木も
栗の木も
みんな葉を落とした

はだかになった木の向こうには
稜線が
ぼくたちの内面を一気に切り取っている

池を一周しようとするところに
突然
流れ下っていく川の音
ぼくらにも
まだ
清流の音は残っているか

蝉と禅について

土の中で何年にもわたり
幼虫の時代を生き延びた蝉は
土から別れ
草や木を登っていく

背が割れ
みるまに翅の色は濃くなっていく

ひたすらの意をもつ示偏に単を添えれば禅
虫偏に単を添えれば蝉

初めて蝉の字を書いたひと
蝉の字をひきついできたひとは
ひたすら鳴くすがたに
禅に似たものを感じとったのであったか

夜をとおして鳴く蝉
岐阜県養老町室原の長願寺

長願寺の蝉も
八月の森はひたすらに鳴く蝉の読経であるか
ぼくの耳の奥

脳いっぱいに蝉の読経

子供のときに見た戦争映画では
蝉になれ
上官が二等兵に命令するのであった
二等兵は柱に抱き着き
ミーンミーンとひたすら鳴くまねをするのであった

庚申さまへの舗装された階段を登っていると
仰向けになった蝉がいた
せめてあの世では草の中で死になさいよ

そんな思いこみで蝉をつかむや
思い込みを拒否し

突然
空へ飛んでいく蝉
禅であるか

草の女

女が
土にひたいをおしつけていた
それはあまりにも強すぎたために
ひたいどころか顔までも
土のなかに埋まっていた
ながい髪だけが土から生えていた
髪はよわい秋のひかりに美しくのびていた
そばにいくと

長い髪がむせび哭いていた
歴史の晩秋に在って
絶えることのない戦争を
嘆き悲しんでいた

蝶が
いまにも落ちそうに川の上流へ飛んでいった
蝶には蝶の道があるのだ
それなら絶えることのない戦争は
人間の道であるか

土から生えた長い髪はむせび哭いていた
木の葉が散り
冬がきてもそのままであった
髪は吹雪で真白になっていたが

それでも女の悲しみは哭きやまなかった
腰や胸はもちろん
女の肩や顔までもすべて
土のなかで腐っていた
絶えることのない戦争を
どうやって権力を持つ人間の手から奪うか
女は
自分のからだが腐りはてて
髪の養分になっているのを知っていた

ほそながい草の葉
それは
戦争のない世界を願った女の
髪そのものであった

天のりんご

追悼——湯本隆人君

信州山ノ内の気候風土が
りんごの味を濃くしてくれているのです
湯本隆人君は
注いだ情熱や汗をさりげなく拭いて
俺に話す
それを聞いていた
五つの峰々は
冬の早い雪をまとって

凜と聳えているではないか
詩人の宮澤章二[*]に「ジングルベル」があるが
クリスマスの頃
入院したまま
不帰の人になってしまった湯本君
同じ詩人の詩に「天のりんご」がある
意味は異なるが
湯本君のりんごは天のりんごだと言ったことがあった
高い木の枝で
星や太陽や雲からの信号を受けとっているりんごだ
信州山ノ内町夜間瀬
リンゴがかたくなると
蛍が岸を飛ぶところ
熟した天のりんごは

おれを食べよと
川の音とともに食卓にならんでいる

＊宮澤章二（一九一九～二〇〇五年）埼玉県羽生市生まれ。詩集『拾遺集』に「天のりんご」を所収。

あとがき

「おまえのお姉ちゃんは、生まれて間もなく亡くなった。母ちゃんのチチがでなくて……」。もの心がつき始めたころ何度も母に言われた言葉。いつしか私のなかには姉がいたということ、生きるための食べものがあるということが源流になって心に流れ出していたようです。

「草の女」は『文明ののど』に収録したものを加筆訂正しています。

出版にあたり、編集部の遠藤みどり様には著者の気付かないところをご指摘頂きました。装幀の和泉紗理様には天の川銀河を魂の川のように、小田康之様には全般について大変お世話になりました。心より感謝と御礼を申し上げます。

二〇二二年初秋

北畑光男

北畑光男（きたばたけ・みつお）

一九四六年、岩手県生まれ。詩誌「歴程」「撃竹」同人。村上昭夫研究誌「雁の声」主宰。
日本現代詩人会、埼玉詩人会、岩手県詩人クラブ会員他。

詩集　『死火山に立つ』一九七二年、北書房
　　　『とべない螢』一九七八年、地球社
　　　『足うらの冬』一九八三年、石文館
　　　『飢饉考』一九八六年、石文館
　　　『救沢まで』一九九一年、土曜美術社出版販売（第三回富田砕花賞）
　　　『文明ののど』二〇〇三年、花神社（第三十五回埼玉文芸賞）
　　　『死はふりつもるか』二〇〇六年、花神社（第十三回埼玉詩人賞）
　　　『北の蜻蛉』二〇一一年、花神社（第十九回丸山薫賞）
　　　『合歓の花』二〇一八年、思潮社

評論集『村上昭夫の宇宙哀歌』二〇一七年、コールサック社（第十四回日本詩歌句随筆
　　　評論大賞随筆評論部門優秀賞）

編著　『村上昭夫著作集』上　二〇一八年、コールサック社
　　『村上昭夫著作集』下　二〇二〇年、コールサック社

背の川

著者
北畑光男

発行者
小田久郎

発行所
株式会社 思潮社
〒一六二－〇八四二　東京都新宿区市谷砂土原町三－十五
電話 〇三（五八〇五）七五〇一（営業）
〇三（三二六七）八一四一（編集）

印刷・製本
三報社印刷株式会社

発行日
二〇二二年十一月二十日